# OBJETS D'ART

ET DE

# RICHE AMEUBLEMENT

ANCIENS ET DE STYLE

EXEMPLAIRE DE H. STETTINER

PARIS — 1895

CATALOGUE

DES

# OBJETS D'ART

ET DE

# RICHE AMEUBLEMENT

## ANCIENS & DE STYLE

Pendules, Girandoles, Flambeaux, Chenets en bronze doré
Objets variés
Matières dures, Peintures, Livres ornés de gravures

## MEUBLES & SIÈGES

*en bois sculpté, marqueterie, bois doré*
des époques et styles Renaissance, Louis XIV, Louis XV et Louis XVI

**Mobiliers couverts en tapisserie du XVIII^e^ siècle**

**Nombreuses Tapisseries du XVI^e^ siècle.**

Panneaux en étoffe ancienne

DONT LA VENTE AURA LIEU

**HOTEL DROUOT, SALLE N° 1**

**Le Samedi 30 Mars 1895**

A DEUX HEURES

---

| COMMISSAIRE-PRISEUR | EXPERT |
|---|---|
| **M^e^ PAUL CHEVALLIER** | **M. CHARLES MANNHEIM** |
| 10, rue Grange-Batelière, 10 | 7, rue Saint-Georges, 7 |

---

EXPOSITION PUBLIQUE

**Le Vendredi 29 Mars 1895, de 1 heure 1/2 à 5 heures 1/2**

## CONDITIONS DE LA VENTE

La vente sera faite expressément au comptant.

Les acquéreurs paieront en sus des adjudications *cinq pour cent.*

L'exposition mettant le public à même de se rendre compte de l'état et de la nature des objets, il ne sera admis aucune réclamation une fois l'adjudication prononcée.

Paris. Imprimerie de l'Art, E. Moreau et Cie, 41, rue de la Victoire.

# DÉSIGNATION DES OBJETS

---

## PENDULES ET BRONZES

1 — Pendule en bronze doré, ornée de trois figures allégoriques de l'Abondance ; mouvement signé *Lerolle à Paris.*

2 — Deux girandoles à huit lumières en bronze doré : Enlèvements d'Orythie par Borée et de Proserpine par Pluton.

3 — Deux girandoles à huit lumières en bronze doré, tige en forme de vase à deux anses.

4 — Pendule de style Louis XVI en bronze doré : le Char de Vénus, avec socle en bronze doré également ; mouvement signé *Lerolle à Paris.*

5 — Deux torchères avec lampes, en bronze doré

et à patine brune, de style Louis XVI; tiges formées de statuettes de bacchantes; socles en bois enguirlandés de lauriers en bronze.

6 — Deux lampes sur pieds colonnettes en bronze oxydé et doré et marbres vert de mer et griotte.

7 — Lustre en bronze doré, de style Louis XIV, à deux rangs de lumières; les bouquets de lumières sont supportés par des statuettes de femmes reliées par des guirlandes de fleurs.

8 — Lustre en bronze, de style Louis XVI, à tige en forme de carquois, avec fleurettes de porcelaine.

9-10 — Deux paires de flambeaux en bronze doré, styles Louis XIV et Louis XVI.

11 — Statuette en bronze à patine brune : jeune femme assise, une draperie sur les jambes, tenant des fleurs. Signée *Moreau*; base en bronze doré.

12 — Deux miroirs biseautés dans des cadres en cuivre gravé à rinceaux avec frontons à décor d'armoiries.

13 — Deux chenets en bronze doré, modèle à urnes enguirlandées et galerie. Époque Louis XVI.

14 — Deux chenets en bronze doré ornés chacun d'une statuette de femme drapée à l'antique.

15 — Deux chenets de style Louis XVI, en bronze doré, modèle à galerie et urnes enguirlandées.

16 — Mortier en bronze, à cariatides et fleurs de lis. XVI^e siècle.

17 — Sonnette en bronze, à décor de cartouches et oiseaux. Travail italien.

18 — Veilleuse en bronze doré simulant un réverbère.

19 — Deux porte-bouquets en verre et bronze.

20-21 — Deux garnitures de foyer en bronze et fer.

22-23 — Deux miroirs variés sur pieds en bronze et nickel.

24 — Deux pièces en bronze oxydé : encrier avec deux porte-lumières et corbeille.

## OBJETS VARIÉS

25 — Cassolette avec couvercle, en porphyre rouge; gorge ajourée, graine et faisceau de baguettes enrubannées, en bronze doré.

26 — Deux vases à culot godronné et sur piédouche en granit vert des Vosges.

27 — Vase avec couvercle en marbre tendre blanc sculpté à godrons, postes et canaux; anses têtes de boucs, graine de couvercle et tore de laurier en bronze doré.

28 — École française. Portrait de Louis XIV enfant, vu en pied, de face, en riche costume, accompagné d'une brebis qu'il tient en laisse; fond de paysage. Toile. Cadre en bois doré de style Louis XIV.

29 — École française. Portrait de Louis XIV, en pied, en riche costume d'apparat; fond de draperie. Toile. Cadre en bois sculpté et doré à feuillages et palmettes.

30 — Image de sainteté peinte et dorée sur bois : la Vierge et l'Enfant.

31 — Un volume in-folio, nombreuses planches : Représentation des fêtes données par la ville de Strasbourg pour la convalescence du roi, à l'arrivée et pendant le séjour de Sa Majesté (Louis XV) en cette ville ; inventé, dessiné et dirigé par *J.-M. Weis,* graveur de la ville de Strasbourg. Reliure aux armes de France. XVIIIe siècle.

32 — Un volume in-folio, nombreuses planches : le Sacre de Louis XV, roy de France et de Navarre, dans l'église de Reims, le dimanche 25 octobre 1722. Reliure aux armes de France. XVIIIe siècle.

33 — Assiette en ancienne porcelaine tendre de Sèvres, époque révolutionnaire, à fruits, fleurs et rinceaux.

34 — Deux grandes coupes en porcelaine moderne de Sèvres, émaillée gros-bleu à filets or.

35 — Coffret garni de fer découpé et gravé, à décor de sirènes et de rinceaux.

## MEUBLES, SIÈGES ET TENTURES

36 — Meuble Renaissance à deux corps, en noyer sculpté, à décor de sujets mythologiques, trophées et dauphins, avec colonnettes aux angles ; chaque corps ferme à une porte avec tiroir au corps inférieur; fronton présentant deux chevaux marins surmontés d'une couronne.

37 — Meuble Renaissance à deux corps, en noyer sculpté, orné de cariatides et de statuettes allégoriques ; chaque corps ferme à une porte à deux battants, avec tiroir au corps inférieur ; fronton à décor de fruits.

38 — Meuble Renaissance à deux corps, en noyer sculpté, formé d'un corps inférieur de dressoir et d'un coffre superposés ; décor de feuillages, aigles à deux têtes et pélican.

39 — Grande stalle de style Renaissance, en noyer sculpté, à décor de bustes, vases, feuillages et rinceaux.

40 — Meuble Renaissance à deux corps, en noyer

sculpté, à décor de cariatides ornées de serpents, avec mascarons et figures mythologiques sur les portes; chaque corps ferme à deux portes, avec deux tiroirs au corps inférieur.

41 — Meuble Renaissance à deux corps, en noyer sculpté, à décor de cariatides ornées de guirlandes de fruits, avec entrelacs et figures de divinités mythologiques sur les portes ; chaque corps ferme à deux portes, avec deux tiroirs au corps inférieur.

42 — Table en noyer sculpté, piétement à deux arcades avec statuettes de guerriers et animaux chimériques à chaque extrémité.

43 — Table en noyer sculpté, piétement à trois arcades avec mascarons aux extrémités.

44 — Meuble à abattant à hauteur d'appui de style Renaissance en noyer sculpté, à décor de combats en haut-relief sur fond doré, piétement à lions et traverse.

45 — Bureau de style Louis XIV en marqueterie d'écaille, de cuivre et d'étain, à rinceaux et palmettes ; corps supérieur à porte et tiroirs.

*

46 — Petite commode Louis XV à deux tiroirs sur pieds cambrés en marqueterie de bois de couleur ; poignées, entrées de serrures et bas-relief en cuivre. Dessus de marbre.

47 — Commode Louis XV à deux tiroirs en marqueterie de bois de couleur à fleurs ; chutes, cul-de-lampe, poignées, entrées de serrures en cuivre. Dessus de marbre.

48 — Deux consoles Louis XVI en bois peint blanc et doré, à décor de feuillages avec groupe de colombes sur la traverse d'entrejambes.

49 — Bureau bonheur-du-jour en marqueterie de bois de couleur, à deux tiroirs ; le corps supérieur ferme à coulisse et contient trois petits tiroirs ; dessus de marbre ; galerie de cuivre.

50 — Commode Louis XVI à trois rangs de tiroirs en marqueterie de bois de couleur, à dessin géométrique ; poignées de bronze.

51 — Petite commode Louis XVI à deux tiroirs en bois de placage, à médaillon d'oiseaux ; dessus de marbre.

52 — Petite commode Louis XVI à deux tiroirs en marqueterie de bois de couleur; garnitures de bronze doré; dessus de marbre.

53 — Commode à trois rangs de tiroirs en marqueterie de bois de rose et satiné; garnitures de bronze; dessus de marbre.

54 — Autre commode plus petite à deux rangs de tiroirs en bois de placage, garnie de bronzes; dessus de marbre ranz.

55 — Commode de style Louis XVI à trois tiroirs et portes d'angles en acajou, garnie de bronzes; dessus de marbre blanc.

56 — Petite armoire à deux portes de style Louis XVI en marqueterie de bois de couleur à quadrillés et médaillons de fleurs; dessus de marbre.

57 — Petite table demi-lune à un tiroir en marqueterie de bois de couleur; entrejambes simulant un arc; garnitures et galerie de cuivre. Style Louis XVI.

58 — Petite encoignure en bois de couleur; mascarons en bronze doré; dessus de marbre.

59 — Petite table-bureau à trois ti oirs en marqueterie de bois de couleur, à décor de vase de fleurs ; pieds cambrés ; tablette d'entrejambes.

60 — Petite table de dame à trois tiroirs en marqueterie de bois de couleur à baguette enrubannée.

61 — Table-bureau en acajou sur pieds-colonnettes cannelés, garnie de bronzes ; dessus en basane.

62 — Table-bureau en bois de placage sur pieds cambrés, garnie de bronzes ; dessus en basane.

63 — Petit bureau à cylindre de style Louis XVI, en marqueterie de bois de couleur à réserve de fleurs ; dessus de marbre brèche d'Alep, avec galerie de cuivre.

64 — Table de nuit ovale de style Louis XVI, en acajou garni de cuivre, avec tablette d'entre-jambes ; dessus de marbre brocatelle.

65 — Petite table à un tiroir de style Louis XV, en bois de placage à quadrillés avec chutes en bronze doré.

66 — Commode en marqueterie de bois de couleur à trois tiroirs; chutes et poignées de bronze; dessus de marbre.

67 — Petit secrétaire droit à abattant à hauteur d'appui en bois de violette; dessus de marbre.

68 — Deux chiffonniers à huit tiroirs en bois de placage, de style Louis XVI; chutes et poignées de bronze; dessus de marbre.

69 — Vitrine en acajou à hauteur d'appui garnie de cuivres avec tiroir; dessus de marbre.

70 — Petite table-toilette en marqueterie de bois de couleur à décor d'urnes et de fleurs.

71 — Petite table sur pieds cambrés en marqueterie de bois de placage.

72 — Petite table légère en bois décoré au vernis à fond doré.

73 — Chiffonnier à huit tiroirs en marqueterie de bois de rose et satiné; poignées, entrées de serrures et chutes en bronze; dessus de marbre.

74 — Chiffonnier à sept tiroirs en acajou garni de cuivres.

75 — Meuble de style Louis XVI, en bois de rose orné de deux panneaux décorés au vernis à sujets mythologiques, sur table-console à pieds-balustres réunis par une entretoise; cariatides, bas-reliefs, encadrements et galerie en bronze doré.

76 — Console de style Louis XVI, en bois sculpté et doré à entrelacs et rosaces avec entrejambes orné d'une lyre; dessus de marbre.

77 — Petite console en bois sculpté et doré à feuillages et motifs rocaille; dessus de marbre.

78 — Mobilier de salon en bois sculpté et peint blanc couvert en cretonne : il comprend un petit canapé, six fauteuils et neuf chaises de formes variées.

79 — Six chaises Louis XVI en bois laqué blanc et doré, couvertes en étoffe à fond noir.

80 — Trois bergères Louis XVI en bois peint blanc, couvertes en cretonne avec coussins.

81 — Deux petites chaises en bois doré de style Louis XVI, couvertes en velours ciselé bleu.

82 — Fauteuil de bureau en bois et canne dorés de style Louis XVI.

83 — Deux chaises de style Louis XVI, en bois peint blanc, couvertes en velours ciselé bleu.

84 — Chaise cannée de style Louis XVI, en bois sculpté et doré; dossier à lyre.

85 — Fauteuil de style Louis XVI, en bois sculpté, ajouré et doré à feuillages; médaillon du dossier, siège et manchettes couverts en ancienne soie rayée bleu et brochée à fleurs.

86-87 — Deux tabourets de pieds de style Louis XVI, en bois doré, couverts, l'un en satin brodé, l'autre en soie brochée.

88 — Deux chaises de style Louis XIII en noyer, couvertes en velours rouge avec galons et franges.

89 — Quatre caquetoires en chêne sculpté de style Renaissance, à dossiers ornés de figures et d'animaux.

90 — Lit en noyer sculpté partiellement doré, de style Renaissance.

91 — Deux tables de nuit assorties au lit.

92 — Armoire à deux portes en noyer sculpté et partiellement doré de style Renaissance.

93 — Deux meubles à hauteur d'appui en noyer sculpté partiellement doré de style Renaissance.

94 — Table en noyer à filets d'or.

95 — Armoire à deux portes en noyer sculpté et partiellement doré à décor d'instruments de musique et de coquilles.

96 — Lit en acajou sculpté et partiellement doré à colonnettes avec dossier à cartouche enrubanné ; il est accompagné d'un ciel de lit.

97 — Armoire à glace assortie au lit précédent avec tiroirs de chaque côté.

98 — Table assortie à l'armoire précédente.

99 — Deux chiffonniers assortis à la table précédente.

100 — Quatre chaises légères assorties aux chiffonniers précédents et couvertes en satin gris rayé et broché à fleurs.

101 — Quatre sièges capitonnés : chaise longue, fauteuil confortable et deux chaises couverts de même étoffe que les chaises précédentes.

102 — Tenture assortie aux meubles précédents.

## MEUBLES EN TAPISSERIE

### TAPISSERIES, ÉTOFFES

103 — Meuble de salon, en bois sculpté et doré, à fleurs, couvert en tapisserie Louis XV, à sujets tirés des fables de La Fontaine et à personnages, avec encadrements de fleurs ; il comprend un canapé et six fauteuils.

104 — Sept pièces : quatre fauteuils, deux bergères et un tabouret, en bois sculpté et doré, couverts en tapisserie Louis XVI à fleurs et guirlandes de feuillages.

105 — Quatre tapisseries du XVIe siècle : triomphes tirés de l'Histoire romaine ; larges bordures de fleurs, médaillons à paysages, cariatides, figures allégoriques, avec franges.

Haut., 3 m. 30 cent.
Larg., 3 m. 80 c., 2 m. 40 c., 3 m. 20 c., 4 m. 65 c.

106 — Tapisserie du XVIe siècle : personnages dans un jardin orné de statues et de pièces d'eau ; bordures de figures et groupes symboliques, cariatides et réserves de paysages.

Haut., 3 m. 45 cent. ; larg., 2 m. 50 cent.

107 — Trois tapisseries du XVIe siècle : sur l'une, cortège nuptial précédé de deux musiciens et arrivant au lieu du repas ; au second plan, troupe de tireurs à l'arc ; sur la deuxième, repas en plein air; au second plan, scènes de chasse ; sur la troisième, danses champêtres ; fonds de paysages montagneux ; larges bordures de cariatides, fruits, personnages, animaux, médaillons en grisaille à sujets mythologiques.

Haut., 3 m. 40 cent., 3 m. 30 cent., 3 m. 35 cent.
Larg., 5 m. 30 cent., 4 m. 50 cent. et 4 mètres.

108 — Trois tapisseries du XVIe siècle à sujets

champêtres : dénicheurs d'oiseaux, joueur de cornemuse et bergers ; larges bordures à figures et cariatides sur fond jaune et franges.

Haut., 3 m. 25 cent.
Larg., 3 mètres ; 2 m. 50 cent., 2 m. 40 cent.

109 — Tapisserie (en deux parties) du XVI^e siècle : sujet biblique à nombreux personnages ; larges bordures de fruits et oiseaux sur fond jaune, avec franges.

Haut., 3 m. 15 cent.; larg., 5 mètres.

110 — Panneau en velours rouge et broderie de soie de couleur à rinceaux et fleurs. XVI^e siècle.

111 — Panneau en broderie de soie de couleur sur fond de brocart. Ancien travail oriental.

112 — Panneau en velours rouge avec applications de broderie : écusson armorié de duc et rinceaux.

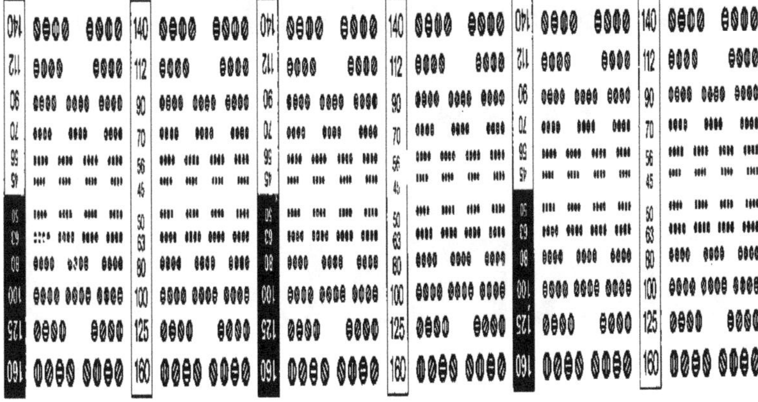


MIRE ISO N° 1
NF Z 43-007
AFNOR
Cedex 7 - 92080 PARIS-LA-DÉFENSE

379.89.70
graphicom

BIBLIOTHEQUE NATIONALE DE FRANCE

****

CHATEAU DE SABLE

1996

www.ingramcontent.com/pod-product-compliance
Ingram Content Group UK Ltd.
Pitfield, Milton Keynes, MK11 3LW, UK
UKHW021046260726
13994UKWH00005B/2368

9 782329 329635